午休时间的海

江红霞 著

中国出版集团 现代出版社

图书在版编目（CIP）数据

午休时间的海 / 江红霞著.—北京：现代出版社，2019.10

ISBN 978-7-5143-8179-5

Ⅰ.①午… Ⅱ.①江… Ⅲ.①诗集—中国—当代 Ⅳ.①I227

中国版本图书馆CIP数据核字(2019)第209383号

午休时间的海

作　　者：江红霞
组稿编辑：庞俭克
责任编辑：申　晶
出版发行：现代出版社
通信地址：北京市安定门外安华里504号
邮政编码：100011
电　　话：010-64267325　010-64245264（兼传真）
网　　址：www.1980xd.com
电子邮箱：xiandai@cnpitc.com.cn
印　　刷：三河市南阳印刷有限公司

开　　本：880mm×1230mm　1/32　　印　　张：6
版　　次：2019年10月第1版　　印　　次：2019年10月第1次印刷
字　　数：107千字
书　　号：ISBN 978-7-5143-8179-5
定　　价：49.80元

目录 CONTENTS

辑二　她只是走走

辑四　爱上此刻

辑一　河床渐渐升高

背对大海

闭上眼，风就从耳朵出来
宽阔就从脚下出来
温暖就从手心出来
沙滩上，许多新旧不一的日子
会落下来。我捡到
一个没有悲伤的中年
像草皮上的雕塑
像木栈道上那个独坐的男人
和他身旁的啤酒瓶——

大海能治愈更深的伤口

海的馈赠，我无法
用公开售卖的咖啡和面包
偿还。背对大海
需要把心里装满
盐：睁开眼睛就用泪水偿还

说与不说

在牙医面前，我张着嘴
不说话
在父亲的照片前，我流着泪
不说话
在孩子的演出现场，我微笑着
不说话
在一束光面前，我红着脸
不说话

在一片黑里，我像个疯子
不停地说，用力地说
黑，藤蔓一样缠住我
话，藤蔓一样缠住我

空 窗

虚构过初恋，虚构过失恋
虚构过快乐，房子和诗歌
虚构过草原，放在
办公室，虚构过你
放在床上。现在我开始
虚构一个老人

一个老了的我，正在读书
不再故作成熟，天气晴朗时
和邻居一起挖野菜
或者在树下举办派对
看着年轻人玩
自己，找把椅子坐下来

河床渐渐升高

河床渐渐升高，草绿一点点
抬头，像苏醒的蝼蚁
从雾霾出走的城市正在学习忏悔
悲伤的风，沿着楼前经过

用笔墨种植的杜鹃花
需要浇水，施肥
斗室挟持旷野，三月漂染四季
丛林从来不是繁花似锦

杂草丛生的青春渐趋荒芜
如这片土地流失的承诺
有人面无表情地走过，有人捧起
尘土，有人举刀对准伤痕
我依然把沙漠看成
草原，你说这是自欺欺人

河床渐渐升高，是否会影响

河流入海。哑了一年的风信子
今天又轻声说话了
不再沉默的角落用明亮的事物对抗夜色
青山遗像挂在墙上
杜鹃花爬满山坡
爬成火，爬成河，把我淹没

她　们

她们相约周末逛街，带着
各自的孩子。孩子爬上蜘蛛塔
她们谈起泛滥的生活
用疲惫和骄傲的表情谈孩子
用嗔怪又自得的表情谈老公
用无奈又激昂的表情谈工作
提起过去那个小饭馆
她们同时哈哈大笑起来
以纪念一个 24 岁的少女与
一个 24 岁的少妇深夜醉酒的经历
笑声似乎打扰到了孩子
她们立刻仰头紧张地指挥
——向左，向右，小心，抓紧
十几年前的那个夜晚刚浮出水面
就消失了，一起消失的还有那夜的
红酒瓶子，关于男人女人
现实梦想的谜。那个小饭馆
最后一次改名为莎莎内衣店

——听说要拆

她们齐声说

辽阳东路

风停靠了一下，似乎在喘息
树荫翻着过去的碎影
二十年了，你依然是老样子
浅笑，低音，让我想起
操场上溢满火药味的辩论

马尾辫，运动服，球鞋
沉默在风中，你的皮夹克也是
旧时光像返青的草
疯长。我有点懊悔自己
为什么出门没有化妆

一点都没变呵，你笑着说
我也笑，互相吐出谨慎的寒暄
然后告别。你的车
要往东走，我的孩子就要下课
我会向西，沿着
路面破碎的光阴
驶离无关青春的辽阳东路

在乌衣巷

在乌衣巷，我给未来开出的支票
印了半个山坡的樱桃
大写的红把世界缩成
樱桃的形状：绿叶挑逗生命
蔷薇翻墙而过，目光迎向
马扎上的老妇人
她的脸上，浓缩的山河
冲淡了所有的颜色
如果余下的日子构成一笔交易
我必须紧跟每一滴水
从海的体内出发
注入土地和我的字里行间
承兑这笔交易的
是那些哭和笑，它们注定
要路过乌衣巷的初夏
像针一样扎进泥土的预言

一场关于月光的诗会

我们读出他们的名字
小心翼翼地
唱出他们的文字
李白，杜甫，欧阳修，苏轼
我们品味着他们的快乐
当然，大多数是痛苦。
山河复活，流水复活
市井笑容复活，月光为证。
我是主持人，为此
做了细致准备
此刻盛装，颔首，轻语
与复生的灵魂
聚会。或许我们又认真地
为时间贴了一张画皮

逆 光

朋友的轮廓披着金光
在火车站出口，他挥起手
我也抬起手臂，跟一道挥舞的金光
打招呼。看不清他的脸
我知道他在笑，他的朋友
也在笑，尽管我们还未相识
有那么一瞬，时间停在
三个木棍一样的影子上
孩童一般的笑容
挂在高楼的大屏幕上
地面行人如潮，各奔东西

单程票

心事，随着葡萄酒
在高脚杯里晃动
嘈杂的笑声跌进升腾的烟雾
灯光睡眼惺忪，酒红
从指尖蔓延到脸颊
窗外海浪起伏，探进屋内的
月光，走得深一脚浅一脚

这样的夜晚需要迷离的眼神
和一截愈飞愈高的思绪
我会踮起脚尖，张开双臂
用力，够着了，够着了
一张单程票
没有起点和终点的单程票
微醉的月光斜睨着我
海浪一如既往地拍打着夜的心脏
把将来推到岸边的沙滩上

最近的天气

雪迷失在市区，一座新的城池
隆起。悲欢从远处挺进
俘虏夜的铁，将频道切换为现在完成时
上周的雪，早开悟的
已从泥土缝隙遁入空门

自由裁量冬天，谁会在意
一次来自伦敦的遥望
用雨夹雪的姿势渗入
广场？即使在笼子里我也不做困兽

雾霾像一场没有结果的
恋爱。戴着口罩吃饭
接吻，睡觉，大街上看不到
一个真实的面容
那个住在空核桃里的人
拿起一面镜子——孙悟空用过的照妖镜
必须爱上镜子里的雪、雨水
和雾霾，才能看到晴朗的天空

含羞草

速成的爱情拥入大街
网络，如雀斑撒满
时代的脸。此刻天然的低低的笑语
为了谁，黄昏如此脸红

我只想伸出手指，友好一下
却幸运地调频到另一个波段
爱情餐馆，恋人们
掏出词语细嚼慢咽
词语深处通向大海的蓝

同学聚会

我们高高举起酒杯
为了猪年吉祥
如果不是有人
提起猪的快乐和人的痛苦
酒杯就不会凌乱
就不会出现
火药味十足的争论
之后的沉默出乎意料
夹杂着几声叹息
后来有人提议再次
高高举起酒杯
假装二十年并不长
假装世界一片祥和

清谈记

我们跟正午的阳光聊起小城
海螺味儿的街道
教堂上空的钟声
雕塑脚下的潮水
潮水隐藏的排污口
以及镀金门把手不小心露出的
贝壳般的底色

有时，我们跟随一条
不为人知的河流，潜入海湾
海里也有一座小城
和岸上的灯火一样
也有座白色的灯塔被人遗忘

故乡悬在另一个故乡之上
几只海鸥俯身
在白色的啤酒沫中寻找盐
盐里，也有一座小城

蝉蜕时代

我不该孤独，自语。我打开门
天是空的，枝头是空的
风里的承诺，也是空的

我在树上看到了自己
还有你，都不说话
我们的话被夏天的热浪冲走了

雕塑女人

大雪把她的心藏得更深
枝上冰凌将抑郁封存
暮色消解了一切日间的回音
城市，已经找不到前生

该怎样安放翅膀上
同一高度的张扬
和谦卑？我愿意试试她的
眼角，那片雪的温度

从健身中心向外望去

我确信石老人看见了我
像我在看他一样

要涨潮了，这么多年
海水像时而轻柔时而疯狂的女人
从来不用同一个姿势
亲近他，今天，也是

他们说了些什么
石老人的目光，撞见
我的胆怯

新生活的喘息离他越来越近
近得让海水只能步步后退
大海腾出一片阳光
带玻璃幕墙的建筑隆起

玻璃幕墙一侧，是谁踩着跑步机

周而复始地前进在原地
石老人站在时间的窗外看着我们
打扮得花枝招展的理想

《潮汐之一》水彩　　高东方

与雾书

物质按它自己的顺序排列
组成我背后的大海和我的身体
还有别人的手和腿
我们把寿宴的鲜花
也挂于一场葬礼

云朵同羊群一起远去
我们已记不起它和台风的相遇
谁比谁更努力。就像什么也没发生
就像百年之后的空地
继续躲在野草中私语

有心的地方都是大海

午后，匍匐前行的野花迎着
吹散人群的东风
将山谷唤醒，她
走出青瓦房，穿过虫鸣

她不想怀念家乡的海
读大学那年也是这样
教学楼前，母亲转身时哭红了眼
她和自己的影子
只是笑，不带一滴泪

她不必怀念家乡的海
心是热的，山谷就是家乡的海
树就是四季，蛙鸣
就是流失的盐分
漏进草丛的阳光碎片就是岁月

她纵容心事长成岸边的松柳
有心的地方，都是大海

初春进行时

果实，权力，面具，杀戮
取代了身体里萌动的小兽
熟年的胃口
将这些毫不相干的话题
投进同一个咖啡壶

水蒸气上，物质世界的表情
总与一朵梅花暧昧不清
广场与旷野的较量突然停下了
因为，一株小草此刻的返青

寻找丢失的日子

从槐树林钻出来，头顶蝉声
太阳把耳朵灼伤
分辨不出城市和乡村的
距离，蝉声整齐划一

夏日用红绸制作石榴花
撒满山坡，又用三长两短的蝉声
烘干生活的水分
大地上撒满时代的肉串

地下室层叠着过去的真假
和摇摆的方向。远处的蝉声
在风干的体内回响
有人摇晃着站起来

雷雨和火焰正在远处对峙
一些汉字在书桌上分娩
它们的母亲——那些丢失的日子
试图冲出迷雾，告别阵痛

怀念蝈蝈

蝈蝈的竹笼，躺在垃圾桶里
像被遗忘的过期面包

那被山野包围的世界如此遥远
使我怀疑自己的听觉

他们被定时吃喝，不能交配
而我在它们抗议的叫声中
享受，把地板当成田野

垃圾桶里，它们的灵魂
在指证我这个罪人
窗外正在下雨

一封信

山上的我给山下的我寄了一封信
字迹工整，条理分明，
信中罗列了登山的注意事项
比如慢点行进，用心
而不是用脚，比如
用眼睛抚摸树叶，新绿的或枯萎的
问好各种小虫，记录鸟的歌声
面对昼夜就像面对自己的
兄弟姐妹，不要仰视也不要俯视
不要相信耳旁风
不要忽视雷阵雨
眼睛对着眼睛倾听，或说话
如果不小心得了腰椎间盘突出
疼痛难忍，不得行进，
别怕，学会爱上它
这些不听话的骨节是因为缺乏爱，
才跑出来淘气的……

很啰唆的一封信。山下的我
没有读完。夜空繁星闪烁
似乎伸手就能摘一颗
借着夜色的鼓舞，她背起单薄的
行囊，满面红光地出发了

关于标准

在一些事情上我不打算设立标准
比如爱，爱玫瑰
还是爱月季
爱男人，还是爱女人

在一些事情上我必须设立标准
比如爱哪一朵玫瑰
爱哪一朵月季
爱哪一个男人或女人

我常常忘了自己是谁

我常常忘了自己是谁——做饭时亲吻时
生气时欢乐时热闹时孤独时……
我的灶台连着所有女人的灶台
床上的男人，是所有的男人
我的身体，是人间所有孩子的母亲
喜怒哀乐都小于一幅远距离的画

我常常忘了自己是谁——似乎
我是任何可以和地球发生关系的人或物
从物质中来，到物质中去
但我永远不是这只手——
逼白云戴口罩，对祖产动手动脚
我愿意和它保持敌人的距离

夜　读

屋里，流淌着一条河
一条诗国的河，旋律
来自雪山的孤独

一盏灯就是一个肩膀
不太亮，刚好照见河水之外
戏不如人生的部分

两杯茶的互听，让河水
流进影子，万籁俱静
守夜者醒着，什么也没发生

企　图

把四十岁生日偷走

我就永远三十九了

就会，继续在看不见的城市

遇到一块顽石的悲伤

就会，在悲伤中

获得看得见的快乐

回到从前

校园的黄昏像安静的老者
守着布满青苔的思绪
年轻的笑声传来，那么熟悉
惊动了一条游在时间里的鱼

操场，宿舍，小径，图书馆
放大的幽暗，光亮，激流和漩涡

悄悄话的黑夜，涌来
抱着吉他的男孩望向
四楼，受惊的女孩把一封烫手的信
从姐妹们的目光中
抽离，扔进垃圾桶

男孩在哄笑声中走了
而女孩，此刻正隐身于楼下花坛
在身体里，窥探二十年前

粉红色指甲油

一个指甲翘起，天气就变晴朗
两个指甲翘起，股指就开始向上
伸出双手，窗外的
哭泣，便不复哀伤

双手合十。在闭塞的房间
我说大海，屋里就游动自由的鱼
我说阳光，粉色尘埃
果然长出了簇新的布匹

哦，粉红色指甲油
染了指尖，染了眼睛
染了心情，而我知道
撑不了几天，它会自动掉下来

听友人一席谈

你说白是一种破碎
白玉兰是你前世的情人
你说热爱什么就痛恨什么
灵魂一定要保持春天的姿势赴死

你说话时，眼神迷离
好像白玉兰淹没了你
阳光是白的，你的手
也是白的，你的笑，你的诅咒
也是白的。甚至
我的衣服也被染白了

不知为什么，除了散落的白玉兰
我还看见白色的盐
白色的婚纱和孝衣

写到理想

一个发光但够不着的东西
让我迷恋
水的形状，空气的体温
我愿意拿一生的积蓄
靠近她。否则
活着没有意义

掏出手绢，我
悄悄拭去纸上的泪

在水一方

请把你的手给我
穿过冷峭的月光和苏醒的大海
让我读出你手心的欢喜和悲哀

今夜暂停德彪西的“月光”
由发怒的海浪讲述断桨小船的境遇
桅杆徒劳地眺望海中的岛屿

黑色的呜咽黑色的想念
鞭打岸上面具般虚伪的灯火

请把你的手给我
我将沙子和虎斑贝，给你
用沙子清洗朝圣的心灵
用虎斑贝的笑容会见星辰

从一片海水到另一片海水
从一个港口到另一个港口

海鸥会在我们的必经之地

带走捎给黎明的口信

夜读《王安石传》

我生活的城市拥有晃眼的夜晚
比如啤酒，霓虹灯，烤肉
比如剪彩，揭牌，会议
以及灯光下打扮得像派对的朗诵会

这和北宋街头的政治口水大不一样
当然你会说，千年前的文人
更浪漫，除了月光还有
烛光，还有琵琶和弹琵琶的女人

才子云集的北宋，酒色不沾的文人
似乎只有一个（你可以怀疑
他的情商）懒得
洗澡，懒得换衣服，却能
和黄昏，疏桐，秋风和小草交换心灵的
人（情商不够能做到吗）
一个令我和我们蒙羞的人——

我羞愧地看见我的时代
虚肿的高楼之间游荡着一具具
日渐塑化的肉身，街上
爬满欲望的黄沙
和空谈义理的虫子
夜晚降临，高脚杯在狂欢

我羞愧地看见我的时代
像我的诗
见了他的诗那样羞愧
又是深夜。只有深夜的寂静能理解
诗歌一样白的理想
海水一样深的痛楚

一样的星空，一样的大树
一样苟活的野草——我们和千年前
拥有同一双黑夜的手
捂住眼睛但捂不住未来
万物静默如迷。我知道
桌上不说话的台灯和斜躺着的书
正在斗室，仰望星空

深夜遇到小视频

一只从案板上逃走的猪
成为朋友圈的明星，吸走了
无数深夜中睁着的眼睛

它的转身它的速度它的目光
让一个人对一只猪的模仿
于深夜悄悄发生

午夜的月光是神奇的药水
只要一滴，我就摸到心底的月亮
月亮晃呀晃，好似听到了远处的枪声

夜色里的花朵

给花浇水的人准备睡了
这盆经小心伺候的蝴蝶兰
立在灯下香汗淋漓
玉石雕琢的心
吸吮了黑夜忧伤的泪

想到她身体里的骄傲和慈悲
他有些睡不着
这种瓷般的美
他中年以前曾有所怀疑

现在他轻轻起身，生怕
打扰了谁。他握住她呼吸的
每一次热烈和忧伤
通过网络，献给黑夜

屏幕拥有了蝴蝶兰的体香
夜色里的花朵，就这样遇上我

珍珠耳环

穿上花裙子去医院
这是我生病以来的另一个习惯

门诊室像个白色闷罐头
扣住摇晃的人生

——好多了吧?
我总是坐在同一个白大褂面前
润红的唇，疲惫带体温的声音
皱纹干净舒展
红豆大小的珍珠耳环
探出短发，像一把
穿透白色世界的剑

她一定拥有一个爱她的男人
也可以说，她一定爱着
某个人，某件物
某个与粉色珍珠耳环

相配的世界——我的花裙子
与这副珍珠耳环每次相会
都能看到浪花
从十里之外的海面上站起来

辑二　她只是走走

海边徒步

带着空空的行囊来到海边
有些迫不及待，有些贪婪
正值退潮，细软的沙子像现磨的咖啡粉
密集又欢乐的脚印上
一位爸爸和女儿在追赶风筝

海滩上多了一个背包客
把海鸥的飞翔打包
把鱼竿上的钓饵打包
把渔船缆绳打包
把行人手里愁眉不展的烟头打包

我喜欢这样：跑到海边
在一尊雕塑的沉默里眺望海的
另一端。远处的小岛
在一片深蓝中若隐若现
有时阳光会刺疼双眼
有时海水会打湿背包
提醒我的脚，人间乍暖还寒

过一地落叶

一种死去的方言
拂过我的脸
秋风流着金色的血
天很蓝，几个孩子笑着追逐

落叶滑过地面
像父亲的叹息

我夹一本旧书，低头
走进光线，走进虚无
走进巨大的沉默
一朵野菊花
跟着我，并不多说

她只是走走

云很白，商铺和行人在图纸上
规划人生。车窗做了人间烟火的镜子
照见马路上前行的思绪
一些生动的表情，渐渐清晰

一个体温偏高的灵魂走街串巷
穿越大半座城，真相
依然遥远，路边
飘着葱油饼和樱花混合的味道

其实她不知道要去哪儿，她只是走走
与灰尘中相遇的每一个物体
亲吻，就像现在，她走下车
用身体伸出的无数只手，爱抚人流

夜行者

夜行者的孤独开满紫色的小花
忧郁而热烈。迷雾
是小路的睡袍，被大厦扯了一角
一群醒着的人正掀开
地砖，打一口深井

露水生成之前，树叶记录的城市
是空心的：河道下游
千年的粮食被抢劫一空
黑色的眼睛射出幽凉的
光——春夜向来如此

远处传来砖瓦碎裂的声音
祭坛沉默如常
夜行者没有再遇见谁
柳絮粘在脸上，它
只青睐在城市放牧的人

辞旧，或者迎新

落叶在北风里逃亡
词语在句子里逃亡
我看见一堆人
从瓦砾里抬起头
大街的另一端，是广场
一只猫在胡同里逃亡
一只硕鼠在米缸里逃亡
一个我，在我的身体里逃亡

三月的海边

三月的海边，游客不多
浩荡的风溢出物质世界
和海浪谈一场久别的
恋爱。东风还是西风
阴还是晴，形式并不重要

大厦，木栈道，沙滩
证人一样检查我
听风，看海。我戴上头巾
不是回避生活的眼神
也无意制造在别处的意境

我用纱巾保护我的长发
按照季节的安排
我的鬈发，应该
缠满了对另一个人的牵挂

《小城街雨》水彩　　高东方

陌　生

很久没有以一个旅者的姿态出现了
动车上坐满陌生的人
陌生的肩膀之间
熟悉的缝隙通往窗外自由的云

胶济线上的草木她都用心抚摸过
她用心抚摸过的事物
沿铁轨延长的爱与痛
大地与天空，也在用心抚摸她

她在火车上发呆，夹杂着一丝
不易察觉的激动
她看到一只迈出笼子的老虎
穿过办公室堆起的报表

穿过家里晾挂的衣服和阳台的花草
走进另一个笼子
大片麦田无声地贴在车窗上

把她的呼吸无限拉长
列车在邻座的瞌睡中匀速前行
此刻，她是一个呆坐着的陌生人

与列车私奔

那么多画过春天的人
挤在冬日的列车上
玩笑，猜忌，抗议
像遭遇一场灵魂的瘟疫

一节安静的车厢里
一个流泪的男人，从容剥开
广场，金钱，规矩的外衣
他双手合十

为冰河下涌动的潮水
为破碎的镜子
为腐米旁的蝼蚁
祈祷

我因此爱上了祷告

初见林海，想起你

一座山在另一座山的身后
一片林在另一片林的身后
一朵云在另一朵云的身后
一份回忆在另一份回忆的身后

多么忠实的影子，让夏
在夏的盛宴里心潮起伏

每天经过这些冬青树

我把城市上空打捞的疑问
放在拐角的冬青树上
我喜欢它们的回答
不急不缓，不卑不亢

我期待一场大雪
或拒绝期待一场大雪
我想画个浓妆
或不想寻找失掉的盐分
这些冬青树，并不介意

我每天经过它们
和它们深入泥土的根
泥土之上的往事，淡定地
滑过天空，人间，大地

一路向西

那些意念也逆着水流的方向
选择把麦田扛在肩上
天空像一块千年幕布
河流、树林、瓦房和草垛从幕布里走出
兀自说着它们的语言

白色的塑料大棚在太阳下
缩成时光的墓地，盖住
过往的尘烟。春风变得空空荡荡

我的兄弟姐妹在空荡荡的风里
摇晃，我却像个
局外人，端坐车厢

郊区采摘日记

1

去郊区的路上我遇见了走失多年的热情
大风掠走身体多余的重量
四肢轻盈得想在地上打个滚儿

田野沉静地从高架桥下流过
一些野花竖起耳朵
俯下身子做个与泥土相依的农民
我不敢这样说，这很矫情

2

初秋的田园寂静又温暖
太阳底下，一些漂亮的菜叶在闲聊
我的影子无处可藏
在缩成一棵瘦弱的玉米秆之前

它铺在那些看似悠闲的叶子上

——芋头胡萝卜地瓜姜
他们介绍道
一些诧异的眼光聚到我身上

我是一个蹩脚的演员
舞台悬在空中
离开泥土太久，连地上的叶子也不要我了
生活还在地层深处向我招手

3

习惯了计算机的手笨拙地握紧锄头
几次较量，一些念想从土里冒出声音
用余下的日子摸摸祖辈的根须
我必须这么做，哪怕只有一天

这些穿过泥土的声音看穿了我
它们穿过我的脑袋我的城市我的街道
我的隧道地铁我的摩天大楼
这些穿过泥土的声音看穿了我

4

是的，我是一个蹩脚的演员——
我的锄头刨不动地瓜
我的车子，常常找不到出口
我的高跟鞋陷进泥土
我的笔渐渐失去了喉咙

回程路上，思绪跑成 S 形
风景褪成哑剧，擦过车窗
相机里枣子笑着追逐高速路上的风
吃吧，它对我说
又酸又涩，没被糖水泡过

在艾山温泉

所有的瞬间都随着升腾的热气
翻了个跟头——
冬变成温热的
空气变成彩色的
心变成赤裸的

她和他的身体
悄悄地，变成了鱼

离开杭州

与苏堤的杨柳作别
与西湖的雾作别
与灵隐寺的钟声作别
与虎跑的泉水作别
与梅家坞的茶作别
却怎么也不舍得
与长长的街灯告别
那夜的街灯下
我们说了那么多

告　别

满月的旷野，矮树丛中
布谷鸟的召唤此起彼伏

从盛产啤酒的城市里来
我却从未这样端起酒杯
星空，野地，篝火，烤肉
布谷鸟的每一个音节都落在初醒的肌肤上
清凉又温暖的夜的体温
复苏。今夜，让啤酒跟月亮约会吧
狼群，也曾交换过善良

一段时光的尾部

不用洗衣做饭的日子
让她习惯了林间小路上朴素的风
闹钟一样接见一日三餐
接见听课时潮湿的心——
只有温润的土壤
才能子宫一样伸缩自如

拨开情绪的断壁残垣
一群忠于风雨雷电的孩子
用电话线传输食物
用电脑键盘弹钢琴
追赶戴着镣铐跳舞的人

日子在野花里凝结成雨
打湿千里之外的厨房
她想念它们，想念儿子每天经过的
每一处街道和房屋

偷练了很长时间，她用指甲
把生活的逻辑掰开
从容注视指甲开裂
她愿意把笑容挂在镜子上
和卧室里的人
手牵手，穿过
无人引领的机器时代的轰鸣

回 家

A 城到 B 城，需要
两小时四十分的高速旅行

你将回到原来的你
在灶台与办公桌之间不停奔跑
另一个你，在深夜
悄悄打开书和电脑

睡前检查闹钟，梦里不去
触动阿拉伯数字
B 城宽大的木床上
你会怀疑，假如这张床在 A 城
A 城就是你的家吗

现在，你在打包行李
把一片树叶夹进笔记本——你走神了
刚才的遐想生成一段
记录：“旅人寻找的家
既远又近，就在自己心上。”

访友记

我们用谈论天气的语气
谈生和死，哲学和艺术
用解剖的方式谈男人和女人
河道与粮食，老子与卡尔维诺
灯塔在呼吸，画在呼吸
我们在思维的地图上
呼吸，从中午到暮色
天色暗下来的速度
令人生疑

再游千岛湖

一个又一个沉默的小岛
看着我捡拾
一篇又一篇春风的日记

一千个真理站在一千个岛屿上
隔着一叶轻舟，检阅
一千种微笑和怀疑

船桨晃动，一颗心失去了重力

在西安转机的异乡人

阳光盖住时间，身份
盖住噪声。时髦的装扮如此多余
羊肉泡馍泛出唐朝的味道
多么安静的午后
底张镇伸展自如
仿佛从来没有战乱发生

路过治疗脚气的宣传单
计划生育的标语
揣着没电的手机
她进入古坟之间的集市
像一粒沙子陷进沙漠

异乡人急需一场手术，切除
渺小，虚荣，怯弱的部分
走出沙漠，她只有六小时

在坝上

站在草原上想起沙漠，这很疯狂
而我的确看到不同的外衣穿在同一个胸膛
疲惫的胸膛揣着悲伤，好像知道
世界得了海水一样深不可测的病

临时租来的马在圈起的草场来回溜达
我坐在马背上，幻想遇到一位侠客
我们目光相接，他从行囊里掏出一剂药
与我采集的虫鸣糅合——

生出眼泪，为驻足的行人而流
我们那么专注，不会漏掉一株坚守的野草

七星湖的傍晚

眸子是深邃的蓝
青山裁的衣裳，金莲花的体香
以词语为镜，能看见
红嘴唇，波浪卷
遇见男人，心会跳

小木屋坐在夕阳里发呆
我跑来跑去，从一株野花
到另一株野花
每一样事物
都值得散尽体内的盐

秋　雨

白天的伞下班了
午夜的街灯当值
自由了一整天的落叶
还未有被清理的恐惧

为潜行于盛夏的蚂蚁翻案
不是件容易的事，需要首先
冲洗带血的手
唤醒装睡的白骨

这需要多少车泪水
我趴在窗上
数了一整天
也没数完

夜游东昌湖

湖边出现一群多余的人
因为微醺，声音卸掉了
几分小心。他们和本地市民一样
散落在街灯里却不谈荷花
不谈新建的亭子
不议论湖畔的卡拉 OK 青年

他们提起干涸的运河
提起民间丢失的烟火
一会儿痛心疾首，一会儿归于沉默
也许是酒，让他们
向夜空交出胸膛——
世上多余的人，他们说
字，少数人；号，守夜人

鸣沙山的秋天

黄沙迷了心。阳光
被驼铃声敲成碎片
轻重不一的心事
在驼峰之间摇摆
终于，头顶上的瓦蓝掉下来
砸中旅人，砸出
一个未开垦的春天

夏日雨后

大地如此干净，而我
即使光着脚丫也身陷混浊
混浊的泪是罪
不知混浊的泪

也是罪。雨后的画中
山河重新思索
人生，重新开张

突袭的雨

我决定继续往前走
把突袭的雨当作朋友

再经过一条街，两个车站
三家餐馆和数不清的落叶
就到海边了——
这个季节，海鸥已从北方以北捎来
另一片海的口信

雨越下越大，我躲到屋檐下
给母亲打电话
天空储蓄了充足的泪
湿透的落叶已无家可归

像往常一样，午休时间
我们讨论父亲的病
以及他的身体变化
像遇上一场又一场突袭的雨

未完工的小湖

像一本毛边书
野草和树影
纠结在水里

我们都已软弱无力
把多余的话
抛到水里吧
趁堤岸没有修好
水里还有泥土的呼吸

最好不要追逐
一只从体内跑出的松鼠

五月的北九水

路过青瓦房时，母亲要求歇一歇

石缝里有槐花香
溪水里可见炊烟
樱桃红着脸，如丰满的熟年

你们继续上吧，我留下
母亲黯然说
你爸在时，我们常来这儿

登石老人山

我们的声音和动作比平时
都要夸张，春风浩荡
看起来每个人都兴致很高

好像，我们第一次来这儿
好像，始终没有人缺席

脚步很轻，风很重
我们的脚印面朝大海
山上已春暖花开
这是父亲走后的第一个春天

去年我和你爸来这儿时——
母亲的话说了一半
又艰难地咽了回去
天色突然暗下来
山上的每一棵松树都穿上了父亲的外衣

祭海记

睡在一堆面塑中间的猪赤身裸体
不打算再起。缓慢滴下的
血，让供桌上的鱼更加神秘

焚香，点火，扭秧歌，跑旱船……
通向海神之路热闹非凡
杂耍，小吃，说着各自的方言

孩子们手握糖人儿，挤上一条
搁浅的旧船。鱼类不需要道具
而演员们身着古装，海浪一样涌向沙滩

更多的演员和我一样
在一堆鞭炮屑上端着相机
投入自己的角色——
有时是祭品，有时是看客

桃园游记

找到一片故土，一个
你爱过的地方

没见到流水
流水藏到了地下

燃烧的原野
风向飘忽不定
与面具下的目光截然不同

锣鼓声喧起，万亩桃园
迈着步伐整齐的舞步
显然，这是别人的节目单

为你，我只准备了
一朵桃花，开在体内
并随时等待死去

城郊的下午

深秋的镜子里，有一条
被城市嫌弃的精瘦的河
芦苇们正在恋爱
芦苇们并不关心
河那边大片越冬的麦田

下午的阳光从一群羊身上走过
然后是我，我和羊
都是一条河的过客
石桥上，北风吹走我多余的行头
只剩骨架，用来直立行走

把自己，像扔干草一样扔进芦苇荡
瞬间失明的，除了我
还有倔强的山河
在秋风和芦苇做成的炕上
所有事物都变得无家可归

在小青岛

一把活着的琴
让贝壳竖起耳朵
一束射向海底的
光，穿过黑夜
海的肩膀撒满宽宥的米

又一次站上礁石
城市是喧嚣的
海，长在背后
诗歌是另一片
海，站在水天交接处
天空则是更大的
海，像母亲的目光
看着小岛，琴，灯塔
看着像我一样的游子
站在故土，寻找故土

《潮汐之二》水彩　　高东方

栗园漫步

落叶静悄悄，河水静悄悄
小径上，我们捡拾
被秋天遗漏的栗子
无边的交谈让天空更加高远
品尝栗子的嘴唇，挂着
不合时宜的春天
在坟墓旁散步的喜鹊也是这样

用力，再次碾开一颗
带刺的无名无姓的板栗
像碾开陈旧的画皮
像碾开我们自己
我们笑的时候
落叶跟随一朵云的好奇
我们沉默的时候
两个影子屏住了呼吸

遇见桃花

那是个冬天。院子里有几只鸡
屋内有火炕，一群人在聊天
野菜包子，小豆腐，凉拌桔梗和烤羊腿
我走出屋外，不是要晒太阳
不是要和院子里的小鸡
说话，不是要赞美
农家院主人的厨艺——我去解手

农厕在院子里，一株枯树旁边
因为干枯，看不出是什么树
没有名字的枯枝上盛开着
桃花。粉绸子缝制的桃花有一张精致的脸蛋
立在北风里。我决定不去俯身相问
家里有几亩地，房子
何时拆迁，孩子上学要花多少钱
这几朵桃花，像阳光一样照亮了此刻
——我从没见过这么美的春天

辑三　窗内的早晨

他们都睡了

他们都睡了，她的男人
和孩子。一壶水正要烧开
灶台上，早餐的准备材料整齐地排好队
像被计划过的昨天

她立在阳台上，很轻地
握住一束月光
像握住洗得发白的理想
窗前的几株虎皮兰正用力生长

现在，她是她自己的主人
一个人的人而不是女人的人
她抓住月光送来的刀具
想看清自己的每一寸肌肤和心脏

这是一个女人而已——
是她也可能是别的什么人
和她一样喝今晚烧开的水，吃明日的早餐

她诧异地摸摸自己的手，回到房间

衣橱里的衣服，床上的男人
孩子均匀的鼾声
一切都这么熟悉
窗外，有夜虫在叫

商　量

如果爱有体重，我只要其一半就行
另一半你拿回去，一些撒向
你经过的草地，河流，山峦，天空
一些分给你的朋友
包括男朋友和女朋友

还有一些要给你热爱的逻辑和数学
空想与运动，以及
你不太热爱的厨房和洗衣机
以此测量生活的周长和面积

我只要一半就行，亲爱的
这意味着，我的一半与你的
融为一体，在厨房做饭
在阳台浇花，为孩子盖被

而我的另一半，一定要
还给夜空的星星

窗内的早晨

女人被梦吓着了，下意识地摸了一把
身边。窗台上的常青藤
还在，衣柜，书橱，还是昨晚的模样
天刚放亮，孩子安睡在隔壁

闹铃翻转男人的身体。他们开始
惯例的交谈，从早餐，股指
阴晴，到周公与弗洛伊德
形与形而上共舞，窗外开始尘土飞扬
身体，像身体的另外一部分

每天早上，时间的玫瑰探进窗内
男人和女人不热烈，也不悲伤
指针过半时，他们会同时像弹簧一样跳起来
一个做饭，一个对着十岁的
儿子喊——郑海阳，起床了

半夜时分的礼物

好像一阵女人和孩子的啼哭
给冬夜蒙上白布
活着和死去的亲人
一股脑儿从黑夜里跑出来——

这是半夜时分一群野猫送给我的
礼物。分辨不出野猫的渴望和哀恸
加深了我的痛苦。这意味着
我们在床上唱出的歌儿
在别处，可能是一首哀乐

五　月

精神和肉体的分离
始自一朵花的坠落
花瓣上的真话
被风吹走了一些
被泥土藏起了一些
被宠物狗踩过了一些

我从草皮上捡到的这些
会躲进琉璃瓶里，祈祷
在梦中被追杀的男人
逃过死亡

风声起，像一只苏醒的猫
那么多无足轻重的事物
与我为伍，落进花瓣雨

五月的风信子

像一片火
生在一片海水
和另一片海水之间
于是，我的阳台
生出了船
生出了天际线
生出了风
和盛装的女人
站在深水的镜子里

镜子里的书
找到了缆绳
世界，才刚刚开始

化　妆

用唇膏给嘴唇刷一层颜色
不多不少，不厚不薄
用眉笔和眼影
轻抚生活，这样就会温暖许多

过去的影子来探访时
睫毛膏会把它拉长
在蜜粉的底色里放大，挽留
其余的像打发眼泪一样丢掉

我热衷于这些事情时
你的眼睛一直在远处紧紧抱着我
就像现在，我们如此
靠近，化妆盒却不再理我

被仙人球扎破手

总有块牌子竖在眼前：快走
向前。终于，在我匆匆躬身
越过一颗仙人球的空当
仙人球的掌钉也顺势
进入我的真皮层
扎破已失痛感的皮囊

快感沿着鲜血从皮肤滑出
时间找了把椅子坐下来
用脚尖
轻快地打着节拍

草地小景

草地上除了风，什么也没有
她摘下一朵花
在花白的头发上
比了又比
草地上除了风，应该什么也没有

她往四周看了看，周围的声息
被风打扫得干干净净
她把小花儿在头上别好
对着蓝天笑了笑
又轻轻地把小花儿
从风里抽出，藏进衣兜

月圆之夜

蛐蛐在树丛里忙着坦白什么
月光的手，伸到每一个窗口

一盏灯灭了，另一盏灯开了
一些人分了，另一些人合了

一双眼睛探出窗外，被月光
刷了一层幻彩，眼睛两侧的
雀斑，是天上掉下来的星星

树丛里的月光轻轻打开纽扣
被月光清洗过的世界不说爱
与不爱，只播放蛐蛐的叫声

铺　床

在一整面书墙旁
我铺开一套粉底碎花的床单和枕套
窗外风和日丽，柴米油盐的味道暂时在别处歇息
如此清爽又温暖的色彩，适合安放卡佛的小说
班得瑞的音乐。如果要将影印的过去放上
我会选择邓丽君眼神里的笑意

楼下天天吵架的夫妻今天竟然很安静
感谢他们，但愿在叙利亚决定何去何从时
他们能签订停战协议。感谢今晚要来做客的少女
——书房里这套粉底碎花铺盖的临时主人
让我在铺床的同时，会见了住在我身体里的
二十年前的另一个少女

爱上棉花糖

儿子嘴上挂满满足，小心地伸出舌尖
添着棉花糖上童话的光芒

此刻，儿子就是棉花糖
而我变成了儿子的那副模样

过节

——给儿子

正午的阳光毫无顾忌地抱住我
空气是彩虹色的，落叶是金色的
草地沉浸在城市一角，温热地喘息
路上的灰尘是灼热的

我沿着晒得脸红的石板路
经过广场上天使雕像的微笑
走出小区，穿过行人和行人手中的鲜花
穿过街上笼包铺子升腾的蒸汽……

仿佛整个秋天都是升腾的
蔚蓝是，攥着药瓶的手
也是。秋天跳起来扑向我
不是因为过节，而是你终于笑了

送你一片月光

——给在美国的妹妹

有多少年没抬头好好看月亮了
它从我们儿时的小院出走，已失踪多年
楼群生长的速度像细菌繁殖

月饼，红酒，你最爱吃的螃蟹
还有阳台上的花草，它们
都做足了凝视一轮圆月的准备

我该以什么样的姿势回忆
远处那个光着脚板的小丫头

她身上穿着姐姐的衣服
倔强地跟在姐姐身后
一丛丛野菊花铺满秋天的小路
两只燕子在小路上的呢喃
我现在还能听得清清楚楚

再过十二个小时

你就会看到我头上的这颗月亮
让我，把这片月光送给你吧
你钻石般的光泽由内而外生长
我再也没什么能送给你了

和你在一起的日子只有春天

——给儿子

许多树荫织成的梦拉着你和我
阳光在前面带路
拐过弯儿就会到
只有春天的地方了

我们走过蜗牛刚走过的路
经过许多小虫子的身边
还有像虫子一样的树叶
树叶背后的天空和钻进天空的鸟鸣

嬉笑声洒了树荫一身
树荫的脾气真好
她把童话递过来，说
拐过弯儿就到只有春天的地方了

情人节，想起一枝玫瑰

春夜，一枝玫瑰的孤独
在即将打烊的小餐馆里
凝望玻璃窗

你刚加完班。一个人
走在街上，花店已关门
路过一家餐馆时
你幸运地瞧了一眼

玻璃窗：一枝玫瑰穿过
城市的夜，从小餐馆
辗转交到了我手上

多么遥远又清晰的夜呵
我听到月亮笑了

清晨的诗人

一座城，被一场提前的春雨沦陷
电台忙着讨论雨后雾霾是否会收敛
人行道上的小花伞流向各个车站
炸油条的路边小摊今天没有开张
肯德基餐厅里除了避雨和用餐的人
还塞满小道消息和娱乐新闻

城市那头有山，有海，有理想
在细雨中闪着光。有雨的路上
不得不出门的人小心翼翼，擦过
草皮的兴奋，行道树的沉默
假若你经过我的车
你会听到一个十岁孩子的恳求

——妈妈，晚点上学行吗
我想下车淋淋雨

某个秋夜

冰凉。这匆匆的时间
无言的黑，和你的
脾气，我偏要记得秋夜的好处

此刻，弯月的姿势
不知被哪一颗心收藏了

业余时间

同一个字在宣纸上写十遍
每遍都是一顿用心的早餐

用刚切过葱花的手擦亮唱片
修剪盆栽，拿起熨斗
每一种物质都有一个温度

打开书像打开窗户
铺开身体像铺开潮水

茶壶很老，钢琴很旧
菜很淡，台灯很烫手

记住，同一个字要写十遍
每遍都要穿过小小的针眼
另一头，会有梅花吐出

反　复

我想把思想用笼布包住
攥干水分，把词语擀成筋道的面皮
事实证明，我不是个好厨师
我包的饺子总要张口
复述它刚丢失的盐分
葱姜蒜高谈阔论的时候
我候在一边，磨咖啡，做甜点
对着长在面板上的结节
像对着丛林深处的一眼深泉

回　答

在语言里建一座城
并非首要任务，它跟
为儿子的钢琴加湿
和母亲一起吃饭以及上班糊口
一样重要

我没啥特别热衷的事物
除了爱
尘埃里的，雨水里的，沟壑里的
那么多爱等着我去碰触
我真幸运

奶　奶

三寸小脚，不识字，娃娃亲
如果身边有人，奶奶会叙说
往事——打仗，挨饿
最常说的还是做过村长的爷爷

我负责给她洗澡，理发
负责倾听她数落爷爷——
没福气的老东西，白瞎了一肚子学问
日子刚好起来你咋就走了

鞋垫分给四个儿子两个女儿
以及他们儿女的儿女
——这东西用得多，我死了就没人
给你做了，奶奶跟我说

其实，我一双鞋垫也没用过
都在靠近心脏的抽屉，藏着

“大路沟”事件

那年，年轻的母亲受不了
我的追问，终于开口
——喏，就在那里捡的你
她笑嘻嘻地指向村头的“大路沟”

小小的我选择一个隆冬的黄昏
背着寒冷的心事，离家出走
这件轰动全村的事中
我到达最远的地方，就是“大路沟”
乡亲们远走高飞的必经之路
乞丐、显贵和醉汉的必经之路

多年以后的母亲乐于拿这事
当笑话，说给来访的亲戚听
她狠狠地打趣我，像在
讲一场从容的稳操胜券的战争

事实是那天的母亲吓丢了魂

她边哭边追，停在“大路沟”
先是打我，然后抱我
像要再一次把我塞回她的身体

为了说服我，母亲决定
再现生我的那个冬夜
她找来接生婆，比画着
我如何是她身体的一部分

“大路沟”事件成为我从小就傻的
佐证。母亲把它归咎于我的早产
开始我以噘嘴回应，后来
以傻傻的笑回应，再后来
我也有了孩子，我以拿出人体解剖图
讲给孩子，来回应

君子兰的狂欢

君子兰的狂欢始于
一个重要节日的早晨
父亲露出难得的笑容
这是一个好兆头，他说
也许他的病会好起来
母亲关上房门流下了眼泪
因为自己祷告的灵验
我是最沉默的一个
沉默地看着人生河流中，一朵
种在谎言里的荷花
门外总有好多人
急着找我。排在前面的是
一个父亲的女儿
一个丈夫的妻子
一个小学生的妈妈
一个职业妇女
提起那个职业妇女办公桌上的一堆活儿
我就有点头疼——
先给君子兰浇点水吧

无法融化的雪

雪的疯狂叩击着屋内的绝望
——今年第一场雪
病房里有人感叹
他抬了抬嘴角，像是笑

雪花把窗外的时间切成碎片
他的神情，像在看一场
意味深长的电影
主角是一个饥饿的孩子
故事里的汗和泪以及
汗和泪换来的挺胸抬头的
生活，他已不想复述

时代的牌匾悉数交给大风
雪刷新炊烟跟踪过的土地

一块拒绝融化的冰
立在窗前数雪花

《春雨》水彩　　高东方

像在等待即将停摆的指针

屋里静得出奇
我们一遍遍用目光抚摸父亲
抚摸他身旁侍立的
工夫茶具，咖啡杯
抚摸他几乎微笑着道出的
最后理想——葬入大海

雪花的各种迷人姿势
掩盖了指针背后的恐惧

父亲的声音

房间没有，阳台也没有
终于有一次，在梦里
我找到父亲的声音
——别哭了！踏实做事吧
他手持纸钱做的电话
跟以前一样有力

后来我开始习惯紧紧抱住母亲
不再脸红，生怕把她弄丢了
睡前我会亲一下孩子的额头
别把孩子的童年，丢了

累了，我会躲进咖啡馆
用一杯拿铁搅动心底
并告诫手中的搅拌棒
别丢了自己，每个瞬间
都是永恒，都是意义

空 城

被闪电雷雨袭击的城市
突然失声，喑哑的房间
无数只小虫从体内
飞出，无数声叹息钻进墙壁

母亲放下手头的活计
关上门窗
关掉一切电器
好像要切断所有不祥的信息

黑云压着一座隆起的空城
父亲的声音
从去年的电话里传来——
你母亲最怕打雷了

父亲，没有星星的夜，你在哪里

父亲的生日

母亲来电话，晚上吃饺子
我说，我准备蛋糕和小菜
我们都没提去年的
今天：那高高举起的酒杯

车内音乐渐渐淌成海水
淹没我的眼睛，淹没
母亲空荡荡的白天和夜晚

父亲在另一个世界，是否
能听到教堂的钟声
敲着一个空空的酒杯

樱花树下

母亲笑得像个孩子
也许因为外孙的一个笑话
也许因为飘到身上的花瓣
来吧，她招呼我们
一起照张相

我把相机固定在三脚架上
跑回母亲身边——
三二一，茄子！我大声说
一朵，两朵，三朵樱花
慢悠悠地，滑过三脚架
躺到地下

听好了——母亲笑对着镜头
我百年之后，要去大海
找你父亲。去看我们时
记得撒点樱花

又一年

鞭炮的碎屑撒在雪地上
像捡不完的心事
母亲还在厨房——她的国土上
像尽职的女王

我刚从雪中回来
需要微笑着抖落雪粒
放下手中的糖果
和眼里的忧伤

木椅上的夏夜

我决定换一个姿势
比如仰面躺下
将往事像身体一样放平

满天的星子不说话
青草的味道沿木椅爬上来
也许能够着挂在树上的蝉声

三三两两的人们经过我的时候
我抓到一些冷藏过的风
这是星子扔下来的礼物

躺下的究竟是谁的躯体
在没有月亮的夜晚
北方以北或南方以南的风景
都沉没在黑暗中

水和火的影子都消失于夏夜

这个世界留给我的
我会以同样的方式还给它
比如，换一个姿势
干扰夏夜的眼睛

这一周

——来自儿子的微信

知道。
知道。
知道。
妈妈，你相信吗？我们学校下雪了！
我需要周末的托福课表。

上车了。
都带着。
学校有世界上最好的小卖部，竟然
有袜子！解决了我的大难题。
带来一堆吃的，漏了袜子。

选好曲子了。我们几个男生一起唱
我弹吉他。女生唱时，我伴奏。
英文演讲题目推荐一个？
我讲如何变扑克牌魔术吧。
能上电吉他课。
网球课是周六下午五点？

社区义工安排在上午还是下午？

考好的话，能奖励一双 AJ 鞋吗？
那我就挣奖学金，自己买。
下午家长会，你来吗？
爸爸呢？
感觉考得不好，
回家别说我噢。

妈妈，我觉得现在的自己
像一块海绵，能很快吸收很多东西呢！
比如魔方，看同学玩过后
半小时我就能玩出六面了。
没想到考得还行。
还行吧。
还行吧。

快下车了。
今晚吃啥？

镜子里的中年

固定的牙膏，固定的洗面奶
固定的通向大海的笑
用侧收的胸罩掩饰下垂的乳房
衣饰精致，香水清透
有些细节能温暖身体与远方
出门前嘴角要翘一翘
抖落不足的睡眠，抖落三餐的油烟
习惯在祈使句前加“请”
对气势宏大的肯定句表示怀疑
对新生的树叶充满感激
睡前想想星空，并警示夜色下
掩耳盗铃的事件发生
有时，对着镜中的虚无
干吼一声，又怕吓着孩子
于是摸着鱼尾纹咽下梦境乱码的
睡眠，并在梦中预知——
生活的泥石流击中的
是一个通向大海的二维码

秋日小景

两只喜鹊在树上聊天
一架飞机在空中划出轻盈的曲线
在披着碎金的路面上
我的爱人，用千斤顶支起汽车
把扎入钉子的轮胎卸下来

“备用轮胎也没气了”
他摇摇头。我们干脆坐下来
或许，天空是另一个世界的
海底，飞机是未来的海鸥
我们靠在树下，用枯败的树枝
寻找一座不为所知的桥
地面冰凉
两只喜鹊继续在树上聊天

辑四　爱上此刻

天黑以后

薄雾上岸。一罐青啤
敬一段年代遥远的文字

海边游人稀疏，正适合
我这样的病人掏出双眼

木台阶上有无十月遗漏的沙子
隐匿的黑色事物上刻着什么花纹

一个人游荡在中年的街道
清冽的月光注视着我的羞愧

我羞愧的理想
挂在秋天的树干上

闯入者

一只喜鹊（也许是麻雀）从我的床底
飞了出来。我惊叫着打开窗户

一只喜鹊（也许是麻雀）的鸣叫
被我的惊叫声赶走了

假如没有这只喜鹊（也许是麻雀）
我就不会一边埋怨卧室里的男人
忘记关窗，一边后悔自己
和鸟儿的相会不够优雅。

假如没有这只喜鹊（也许是麻雀）
我就不会知道闯入者（哪怕很美）
带给我的恐惧——
一个意念，一个理论
一种物质，或，一个你

冬日黄昏

雾霾经雨水清洗后
日子变得发亮
树木只剩下骨骼
北风的针，像谣言
把路过的笑容，扎出了血

立在楼顶平台
孤独如此辽阔，像荒漠
能吞下渐深的天色
楼下车水马龙
汽车喇叭的嗓音越来越干涩
刚起床的灯光睡眼蒙胧

真想记住每一寸空气
每一种语言，每一个眼神
他们都是我的亲人

停电之夜

她和黑夜小酌
蜡烛用小刀摩挲着她的脸
两行清泪与月光的沉思
交会。在地球上的一个小黑点
她的体积不值一提
不过，她还是决定在自己体内
不多的地盘上，掘地三尺
也许能挖出一捧最慈悲的水

长途车上的试验

一个我在铁皮盒子内装模作样
一个我在车窗外的野地里打滚儿
黄牛，玉米地，山峦，云朵
它们说了一路知心话儿
我一句也听不见

做个试验——向空中抛一枚硬币，接住
我就是第二个我了。值得笑一笑
好像真的，从此不必天天钻进水泥盒子
练习言不由衷的功夫
不再关心情绪不稳的股指，关注北京
好像真的，进了玉米地
贴紧地面，能听到更清晰的鸟鸣
甚至能看到地球另一端的夜空

一半是海水

夜色给大海卸了妆，沙滩的风
更加爱恨分明。行人稀疏
像夜空投在木栈道上的几颗星星
世界充盈海的絮语

他和她并排坐于路边，左手海风
右手霓虹灯。听不到诺言
或争执，大地荒芜依旧
他们，聆听了海水的回声

两个中年的身体，不要猜测他们的
关系——夫妻，朋友或恋人
两双袒露的脚安静地看着北极星，足以
把内心的潮水还给夜空

一个人的狂欢

陌生的城市，陌生的房间
我盛装打扮，浸于大片渐行的黑
模特一样的街灯目光涣散

舞台上穿梭着黑色的寓言
像鼓噪的汽车喇叭
敲打摇摇欲坠的秋天

想到秋天，人间就变得安静而温暖
记忆瘦长，触角柔软
足以安顿一场自娱的狂欢

我盛装打扮，与空中的童话
和苦难，说着各自的方言
有时掷地有声，有时沉于黑暗

二月里

眉毛画成国画
嘴唇涂成桃花
长发卷成摇滚乐
珍珠耳坠香水长裙高跟鞋
都是草丛里苏醒的蛇

隆重的东南风从体内穿过
镜子里生出大片油菜花
离开厨房，离开洗衣机
离开那些活着的意义
不要惊讶，我只是
跟窗台上的君子兰学习
接一部春天的戏

清晨图

穿过小区，像穿过一个密封的
玻璃罩。罩内，坠落的樱花
遛狗的大嫂，赶早市的家庭主妇
练太极扇的老人，所有事物
都是慢动作

除了我。每天我都脚步匆匆
像赶赴重要约会，却常常
不知为何赴约。有时
似乎要慢下来，比如现在
注视一株气定神闲的月季

——还不赶紧上班哪？
丁丁妈隆重的鬈发从晨光里冒出来
——马上走呵
我加快脚步，跟着她的高跟鞋
从温暖的玻璃罩内钻出来

独上老虎山

一支蜡烛，一个手电
一个少女，一条山路
坟头野草茂盛
石头的表情由弹孔的密度决定

幽深的山洞有着
同样幽深的秘密

从山洞钻出的少女忽然明白
故事被石头压死了
宝藏只是死去的传说

沮丧的回程——狗的狂吠
沿着山路追赶
追着少女的噩梦，直到今天

《水乡无风》水彩　高东方

画家简介：

高东方，中国美术家协会会员，国家艺术基金专家评审委员，山东水彩画会常务副会长兼秘书长，山东画院签约画家，青岛科技大学教授。

意　外

该如何回忆那辆疾驰的大货车
以及被肢解的自行车
该如何安放十八岁的世界中
一辆车与一个身体的
不期而遇。日记飞了
一片无底的寂静钻进空壳

二十年了，空壳更空
在五颜六色的世界里苟活

敲开空壳的方式有多种
我总是选择最笨的那种
在最黑的夜，驶上最深的路

十九岁那年春天

我用二十二个吻
写了二十二封信

寄给樱花
世界就是樱花的模样
寄给雨
天空就有流不完的泪

寄给你
空气就是你的身影

踏上南去的列车
一万个春天苏醒
一万声叹息埋伏在列车之外

某月某日的海边聚餐

薄雾上岸。男人女人们
用酒杯撩拨太平角的傍晚
一拨拨笑声纠缠上夜灯
风被游艇推着
擦过女人精心的妆容

每天晚上都这样火
一个男人说。灯光跳进酒杯
变成火焰
映红月亮的半边脸
烧着了女人的一丝慌乱

一片映山红来势汹汹

失掉一片苍茫后
山谷就不再犹豫
该红的红了，该绿的绿了
陡峭的人间
拥住薄薄的春风

山巅之上，只要看上一眼
这片土地的酸痛
就少一分
骨骼撑在沟壑里拔节的声音
路过散落的民居
截住远走他乡的回忆

那么多自由的魂
爬上山坡
掩盖了黄土埋过的风言风语

空　白

暮色加宽了大海的回声
从挡风玻璃望出去，人间遥远而神秘
一条船渐变成黑点
甲板上苍黄的女人消失了

她以离开童年的方式
离开车流和人群
在漂泊灵魂的另一片海水中
浪花吞噬朝圣者的喉咙

往事做成手中的镰刀
孤独地收割世间杂草
她的脚印串成一段空白的解说
指向湿润而缄默的海滩

熟悉的陌生人

像异乡人一样靠近这片海
蓝天被蜡染，白云则由诗歌包围
海鸥和游艇游行过后
栈道通向大海的排污口

恋爱的人，吵架的人，健身的人
悠闲的宠物狗，镇定的野猫
慌慌张张的刺猬……炊烟之下
无数个西西里弗推着石头

睡前打开书，过滤一遍中年
就像看到蒲公英的根扎入深夜
扎入混凝土，以及
看得见与看不见的世界

爱上此刻

远处的大厦和立交桥成为看客
红绿灯死了，车流钉在路上
我钉在车上，开始抱怨街道和时间
抱怨被隔离的清醒和宽容

车后座上，孩子突然兴奋地指向路边
——妈妈，这小红花是什么花？
蔷薇，我答。
他兴奋地打开车窗喊
——嘿，蔷薇，你好吗，你在想什么

像在大厦里听到一声蛙鸣
这声音令我羞愧，教我
爱上此刻的夕阳，红绿灯的心病
爱上世界的疯狂，爱上
胶州湾的洋流，像爱上一剂良药

喝茶图

该走了。离开这间被绑架的
屋子，劫匪是午后的阳光
谦和说话的书
演奏爵士乐的空气
让时光倒流的茶水

你起身相送，世界
晃了晃身子。一个笑容
与另一个笑容分离
两条来自海底的鱼
分别游向另一个自己

所　以

在楼与楼的缝隙
我找到一颗
替我说想你的星星

我得承认，我想的
也许只是一个名字
涂了今晚的月光
也许是一把无名无姓的刀子
刚收割了爱
也许只是另一个自己

所以，看星星的你
想念的也未必是我

距　离

因为路途遥远，我不能
去见你——写下这句话的人
也许就在你身边
遥望星空，或者
正将某种情绪浸于酒中
因为不能见你，你们
或我们之间，路途如此遥远

熵

镜片后面是一个
女人的裸体
此刻她侃侃而谈
像一幅宣传画

他想把画狠狠地
揭下来

这在她意料之中
她不停地说
似乎，只有说下去
画，才能不掉下来

轻吹一口气

我曾固执地相信，春风
一口气能吹醒一朵云
吹动云下的一栋房子
吹进房子里那个人的心
那时，春天特别长

谁会对一颗星星
感兴趣，谁会拎着小马扎儿
找一片杂草地，听
风摇树叶，鸟儿喁喁相诉
楼与楼之间的叹息

对着一张过时的地图
轻吹一口气吧
吹出炊烟，溪水，白云
云下有栋房子，房子里有颗心
我只是笑笑，不去打扰

小雨夜

路灯画下了
一把没撑开的伞
一只流浪狗
一个女人

雨点甜丝丝的
草地油亮，蛐蛐唱着完美的和声

伞为什么不打开
流浪狗为什么有三条腿
女人脸上
是泪花还是雨点

深夜的镜子沉默了一会儿
把脸转向其他万物

相　遇

一条街道，一座城，一场雪
立在我们之间
我们并排走着
那么近，又那么远

呼吸隐没，喧嚣隐没
黄昏记录了
两个人的轮廓

沿线的车辙消失了
别紧张，那不过是
一场迟来的雪
被两双眼睛融化成河

对 视

落在玻璃幕墙的雨
盯着我，滑下去
循环往复，坚定又顺承的姿势
多像我中年的身体

一杯咖啡，一块大理石芝士
一个下午，一段自省
落在玻璃幕墙的雨，和我
目光纠缠，小心翼翼

爵士乐从体内流出
远处有海浪吞噬大雨

清晨的海滩

沉静的木船，不紧不慢的朝阳
一切，都是中年该有的样子

九月的味道和三月
有什么不同
这是急着赶路的人不曾想到的

红霞从天尽头凝聚
又在船舷旁悄悄散开
像变幻的思念，这人世间的紧俏货
在海边最容易捡到

木船上，桅杆挺直的腰杆
召唤着我
很多答案需要寻找

凌晨四点的夏日

作为主唱，鸟儿还未下班
鼓手知了，毫无倦意
蛐蛐儿正弹奏电吉他
不知名的虫子，那些称职的键盘手
时而兴奋，时而忧郁

刚一下楼，我的耳朵
就遇见久违的故乡
并对故乡之外的世界一概失聪

多么忠实的听众，不化妆的
青草树叶花朵，流泪的灰尘
那是露珠——谁说故乡只有我一个人

照片里的亚龙湾

我们坐进自己搭建的帐篷
父亲说，真美，可以在这儿
住上几个月
所有人都及时点头附和

晚霞给父亲的脸镀了一层金光
他笑得像个孩子
好像不知道
这是自己最后一次旅行

夕阳，海水，椰树
音乐在沙滩流淌
我们自动筑起沉默的城堡
不敢有一丝动静……

此刻，消失的父亲坐在亚龙湾的
黄昏，命令我，不许哭

在咖啡馆发呆

这一次，父亲是一杯焦糖玛奇朵
听我轻声汇报：我刚从母亲家
出来，她还是哭，但能在不哭时
主动吃点饭了；我还同往常一样
按时接送你的外孙，新学期他的学习
还不错，足球和钢琴还继续练着
至于我，工作有点累，家务活
还是那些，等孩子睡着后还是要读点书
写点什么。前几天我去了您经常去的
那座山，一口气登到山顶
返青的小草遍布山野，您一定也瞧见了

调制咖啡的姑娘露出好看的酒窝
咖啡，香草，焦糖，牛奶
在她手里翻转。外面已是春天

想到不需警惕的余生

此刻，把时间钉在墙上
母亲会永远在家做饭
他永远在下班的路上
孩子永远在等下课铃
而我，手持一杯拿铁
在学校门口的咖啡店永远
等孩子放学

不必追究咖啡店门外落叶的去向
不用害怕母亲会像父亲一样永远离开
不用担心孩子长大后与我分离
以及，我和他必须有一人
提前领养孤独

把时间钉在墙上，此刻
只有门外晚秋耀眼的黄昏
占据生命镜头
想到这种不需警惕的余生
我的确开始警惕了

夜，睁开眼睛

有声世界缩进另一扇窗口
知了的聒噪声
被巨大的黑暗抽干

纸上的字在狭小的房间
疾飞
敲击沉默的隐痛部分

一场风暴正无声地
穿透我的身体

人生截面上的蚂蚁扛着米粒
像扛起沉重的灵魂

一段声音

她让热泪流进心底
偷偷地把日间积攒的能量
放置在夜晚
一只昆虫的背上

世界真小，被一只自由的蛐蛐背着
一段声音充满了她的身体

中年的驿站

循环播放一首曲子
重复咀嚼一首诗
用心凝望一个人

一座座牌坊在时间面前倒下
表情各异。那些恐惧
欢乐以及尴尬的月光
还和蓝黑墨水一起
驻扎在书的某处

梦里，常常出现那双
紧握钢笔的手，在上一个驿站
每天写下樱花的味道
投进邮筒，好像投进一颗
能撑开世界的种子

现在，我用另一双手
做饭，上网，挣钱

用它们接住脚步凌乱的雨
对闷热的控诉
并把余下的日子交付给
大海的孤傲和宽恕

午休时间的海

午休时间的海，呈现一片香槟色
一个女人拎着高跟鞋，独自
走过沙滩，在几个放风筝的孩子跟前
停下来。她深呼吸，面朝大海
整个世界像在太空漫步
她的工作地点可能就在附近，一家公司
或者机关里的一间办公室，午休时
有人打扑克，有人侃大山
有人要迷糊一会儿
她坐在沙滩上，细数心里的沙子
海风挪动她额前的刘海儿，她忽然笑了
低低地。后来，她起身
离开这里——海风用力推开的
商贩叫卖声的地方
恋人海誓山盟的地方，失恋的人
结束自己的地方，疯狂的人
狂欢的地方，孤独的人独处的地方

如果你也坐在海边的咖啡店
透过玻璃窗，欣赏午休时间的海
你会和我一样爱上这片沙滩
爱上柔软潮湿的沙子
爱上众生，以及那个拎着高跟鞋的女人
她的脸上，盛满了太阳的光辉

与诗歌有关（代后记）

“我是我和我的环境的叠加”，我很欣赏西班牙哲学家奥尔特加－加塞特的这个提法。那就从我小时候谈起吧。

关于故土

我的童年始于青岛城郊的一个普通乡村。一条大路，一湾河水，几棵老槐树一直清晰地烙在我心上。从我记事起，父亲就办厂子（20 世纪 80 年代初正值改革开放），家里有过村里最早的电视机、冰箱、电子琴。父母忙着他们的工厂，家中几分薄地早已交给别人耕种，所以我的大段童年除了读书，便是在农村广阔的天地里疯跑或瞎想。我和小伙伴们爬树，溜坡，抓虫子，看火烧云，有时独自守着一株静静的月季边画边想，时间好像永远用不完。多年以后，我才知道我的乡村经验多么宝贵。随着黄土地上轰轰烈烈的城市化进程，中国遇到了“三千年未有之大变”，农村的土地逐步缩小，河流越来越干枯，1949 年以来仅存的一点乡村文化尊严也被剥夺了。

后来我家搬到了市区，连同父母的工厂。村里已没有五服之内的族亲。再后来村里有了成片的楼房，变成某街道的某社区，成为城市的一部分。乡村决绝地抛弃了我。从此，我成为一个流亡者，一个回不了“家”的人。

另一个我开始于搬家后的中学生活。这个时代里有大量的书籍做伴，有诗歌的懵懂，有少女的羞涩，有知识的音符跳跃，也有不幸，比如一场车祸。十八岁那年的隆冬，在学校门前的人行道上，我和一辆大货车不期而遇。结果是，短暂的记忆缺失后，我在病床上待了一个多月，大块大块的时间留给了对“存在”的思考。二十多年过去了，这项工作从来不曾停止，并且，依然是个难题。

从车祸中醒来，看世界的眼睛陡然清晰，像由朦胧诗突然过渡到叙事诗。我决定给命运画一个永恒的笑脸。高考时把最拿手的作文看错了题，稀里糊涂地被调剂到一所交通院校的财会专业。随遇而安的结果是，发现从经济角度透视世界和人类，同样能看到迷人的风景。毕业后被分到公路系统，我选择了继续与现实达成和解，潜心工作，先后做过仓库保管员，出纳，会计，内刊编辑，高级会计师。与现实达成和解的最初认识，是想以经济上的独立获得精神上的独立。持续的阅读和思考告诉我，人与文一样，没有精神的独立，就站不直，就会像失去了触须的虫子一样茫然四顾，从而失去灵魂的“故土”。

“故土”是什么？我常常想，它不是世界上某个角落的某块地盘，某块地盘上的树木花草，甚或人。故土是一个安放心灵的地方，用苏东坡的话说，“此心安处是吾乡”。随着城镇化进程的加快，太多人事实上的故土已经变为资本和权力的圈地。实际地盘可以阉割，但精神地盘别人做不了主。故土需要从内心挖掘——我找到了诗歌。

关于诗歌创作

“人，活着为了什么？社会、国家往何处去？”梁漱溟先生一生都在探索的问题也深深地困扰了我。人生是短促的，而真理的影响是深远的，余下的人生中，我想多和世界谈谈真理——而诗歌，是一个靠近真理的地方。

于我，诗歌是一块我在中学时就偷偷触摸过的上等面料，因为爱而小心翼翼珍存内心。我的狭义的诗歌创作历程始于2005年变成铅字的一首小诗。当时孩子很小，丈夫被抽调到济南工作好几年，我一边照顾孩子一边工作，深夜说出的话，只收到墙壁冰冷的回声。那就和书对话吧，和心灵，和被黑夜埋藏的另一个世界，在这个世界里，我如此欢愉。后来开始严肃认真地写作，在职业妇女、母亲、女儿、家庭主妇的角色之外，我兴奋又紧张地捧过了诗人这个迷人的角色，写诗打开了另一种我和世界对话的方式，让我体味到无法言喻的快乐。

当然也有痛苦，大多发生在想要突破自己时。我的诗歌创作大致分为三个阶段。最初的诗大部分通过炫技的潜意识流于意象的表面呈现，就像一个女人，刚学点化妆知识，非得浓妆艳抹示人以显示自己是内行。第二个阶段是从2009年开始，当时诗歌已经在几本文学期刊上发表，我开始反省并调整自己的写作姿态，以期用冷静、自然、质朴的语言节奏表达出自己的思考。对于真正的诗人来说，比喻、象征之类，与其说是修辞格式，毋宁说是思维本身。之后的创作中我更加注意，拒绝无病呻吟和浅表层次抒情，藏起所谓的技术，用语言、结构、思维的合力，把切割事物的刀具和热忱放在海底，希望达到海面风平浪静，而海底波涛汹涌，用内在韵律构成文本的张力，靠近自己坚持的价值向度。从2010年到2012年写的诗看，这些努力还是有明显效果的。这时的诗歌开始出现在《诗刊》《诗选刊》等期刊中。第三个阶段是从2012年下半年开始，在一次与内心的较量中，隐形的虚荣甘拜下风，我突然发现，自己的有些分行句子过于拉长，虚肿如这个时代的毛病，而句子长度与蕴含内容的丰厚程度绝不会成正比。我喜欢卡尔维诺提倡的“轻”，以轻快写意的笔触勾勒出现实世界中的“重”，使诗歌和思想达到高程度的浓缩。反省永远是诗人最值得信赖的武器——我试着把自己写的诗放在太阳底下铺平，晒干水分，发现从灵魂深处自然生长起来的东西，别名叫凝练，思想的和语言的双重凝练。于是我开始删改，删改诗歌及创作发表态度，要求自己足够真诚，慢写，少发，勤思，多改。尽管做得远远不够，但我一直在努力踏实走路。越写越发现，自己闯入的是个多么深邃的世界！而我只是这个世界的一粒灰尘。

关于交流、阅读与反省

诗歌艺术的探索是无止境的，在我的诗歌创作历程中，几次诗会和奖项活动对我的诗歌创作起到了积极的推动作用。2013年开始，因先后入围“红高粱诗歌奖”“华文青年诗人奖”“中国春泥诗歌奖”等奖项，尤其是于2017年获得第二届“中国诗歌发现奖”，让我有了更多和优秀诗人交流的机会，我珍惜每一次有效的交流。带着问题出发，带着收获回家，头脑的碰撞能激发思想的灵光。

也有一些并不愉快的交流。比如在2010年的一场室外朗诵会上，我选择了中途离开。这与虚伪无关，与道德无关，却与对诗歌本质和生命本来意义的认识有关。好的诗歌是在抚摸现实的同时，以自然、平实的姿态来接近无限，让生活的热量充盈于内心。诗歌同其他艺术一样，执着于探寻生死之谜从而让你更加热爱生命和生活本身，而不是局促于生命和生活本身的感受中转圈。不管你多么重视“下半身”，都不能丢掉“上半身”，头脑长在上面。通过诗歌和诗歌衍生出来的对生命生存的种种感触，达到爱和希望的永恒生长，这才是诗歌和我们——写诗的人存在的意义。

我认为写作中最重要的交流对象是书。“我们是谁？我们从哪里来？我们到哪里去？”每个人都有自己的答案。阅读和思考会让眼睛在探索的道路上保持清晰明亮。林贤治在《中国新诗五十年》里建议大家:“读惠特曼的《草叶集》时，最好把林肯的演说、汉密尔顿的政论、爱默生和梭罗的散文也放在一起读。从一片草叶到一座星辰，从一只昆虫到一匹母马，对他来说都关乎博爱、平等和自由。”由此，我把自己埋进不少互相关联的书中。阅读和写作，都是快乐的事，它们互为镜子，能照到生命深处的缺陷，从而促进思维成长。于我，阅读是反省的表现形式，是一名乐观的悲观主义者与守夜人的对话。

关于想做什么样的诗人

想做什么样的诗人，取决于，想做一个什么样的“人”。

小时候，我的理想是长大了当个拾垃圾的，可以到处游走。如今看来，有可能实现。我的皮囊稳稳当当地在世上待着，灵魂却早就流浪了，或者说流亡。只有灵魂到处游走才能看清一点自己躯体的自私和虚荣，才能发现包在泥土或躺在垃圾桶里的爱与真诚。

在古希腊，诗歌一词的本意是“创造”，诗人也就是“创造者”。每一个日子、每一项事物本质上都是诗，看我们如何去雕刻它了。要知道，自由的心灵是创造的必要条件。

“不属于自己时多么讨厌，属于自己时多么喜爱。”这是张中晓先生留在《无梦楼随笔》里的话。但愿我能做一个属于自己的诗人——拥有更多爱意、更开阔的灵魂，能够在持续的生命轨道与世道的摩擦之中，获得精神自由的人。

多余的话

我很幸运。于多数人较难的事，比如，清晨看海边日出，午间在沙滩漫步，夜晚听海浪唠叨，对我来讲却是触手可及的事。胶州湾用宽宥喂养着我。诗歌也是。大海和诗歌给我广阔的爱，也教我反省，此诗集为证。

本书所选诗歌创作时间跨度十余年，其中多数是 2012 年以后的作品，很多作品已重新修订，与首次发表时有不少变化。